Schneeküsse
in New York

AF284901

Sannah Hinrichs

Schneeküsse
in New York

Eine wunderschön romantisch verschneite
Winter-Romanze

Impressum

Copyright © 2021 Sannah Hinrichs

Umschlaggestaltung und Illustration:
© Susanne Hinrichs
Motive: Pixabay

Herstellung und Verlag: BoD - Books on Demand, Norderstedt

ISBN Taschenbuch: 978-3-7534-4421-5

Bibliografische Information der Deutschen Nationalbibliothek: Die Deutsche Nationalbibliothek verzeichnet diese Publikation in der Deutschen Nationalbibliografie; detaillierte bibliografische Daten sind im Internet über http://dnb.d-nb.de abrufbar.

Schneeküsse
in
New York

☆ ☆ ☆

1. Kapitel

Der Regen klatschte gegen die Scheiben des Flugzeuges, als ich meinen Sitzplatz am Fenster einnahm und den Gurt anlegte. Der Himmel war mit grauen Wolken verhangen, nur ab und zu blitzte wie zufällig ein Strahl der untergehenden Sonne hindurch. Laut den Meteorologen sollte das Tief schon längst vorbeigezogen sein. Jedoch hatte es den Anschein, dass dieser Winter auch nicht viel besser wurde als der Letzte.

Ich seufzte. Das miese Wetter passte einfach zu gut zu meiner Stimmung. In den vergangenen zwei Monaten war ich wie in einem Albtraum gefangen gewesen.

Jonas, der verdammte Mistkerl. Ich hatte ihn in flagranti mit der attraktiven, schwarzhaarigen Kellnerin von nebenan erwischt.

In unserem Bett!

Sogar jetzt, nach einigen Wochen, schossen mir unwillkürlich die Tränen in die Augen, wenn ich an diese Szene dachte. Wut, abgrundtiefe Verzweiflung, das Gefühl der Demütigung und eine enorme innere Leere waren seitdem meine ständigen Begleiter. Drei Jahre waren wir ein Paar. Wir hatten Zukunftspläne geschmiedet, träumten von Hochzeit und Kindern. Ja, ich war mir sicher, den Traummann gefunden zu haben.

Und mit einem Schlag, alles in einem einzigen Augenblick vorbei. Ausgeträumt.

Ich schaute zur Seite. Meine beste Freundin Clara, was hätte ich ohne sie angefangen? Zu ihr flüchtete ich in jener entsetzlichen Nacht. Hals über Kopf und in Tränen aufgelöst hatte ich vor ihrer Tür gestanden. Schluchzend und stammelnd hatte ich auf dem roten Sofa gekauert und stockend von der Entdeckung erzählt, ab und an von heftigen Weinkrämpfen geschüttelt.

Sie nahm mich wortlos in den Arm und versuchte zu trösten, was ihr selbstverständlich kaum gelang. Und doch fühlte ich mich bei ihr seltsam geborgen und verstanden.

Clara war es, die mir in den vergangenen Wochen den nötigen Halt gab, um überhaupt weiterleben zu können. Ich zog vorübergehend bei ihr ein und sie hörte mir geduldig zu, wenn ich wieder und wieder über das Geschehen sprechen musste, die Enttäuschung, die innere Zerrissenheit. Ich hatte den Mann geliebt. Liebte ihn womöglich immer noch.

Clara war es, die mir später den Kopf wusch und energisch zu mir sagte, dass das Leben für mich auch ohne ihn weiterginge. Es wäre an der Zeit, nach vorne zu schauen, diesen Fremdgeher aus dem Gedächtnis zu streichen und die Freiheit zu genießen.

Als wenn das so mühelos ginge!

Doch irgendwie hatte sie ja recht. Ich hatte mich total zurückgezogen und bedauert. Es war aus und vorbei. Punkt!

Im Grunde genommen gefiel mir der Gedanke, tun und lassen zu können, was ich wollte, ohne Rücksicht zu nehmen. Ich war endlich bereit, das Kapitel Jonas abzuschließen und mein neues Leben zu beginnen. Ich konnte froh sein, dass ich diesen Kerl nicht geheiratet hatte.

Auf jeden Fall war es Claras Idee gewesen mit dem gemeinsamen Urlaub. Sie meinte, ich bräuchte unbedingt etwas Abwechslung und wir träumten seit der Schulzeit von einem Kurztrip nach New York. Heiligabend hatte sie mich mit den Tickets überrascht, alles organisiert und gebucht.

»Ausreden zwecklos«, betonte sie grinsend.

Ich heulte fast vor Freude und umarmte sie herzlich. Vergangenheit ade, auf in die Zukunft. Der New York-Trip mit ihr sollte der Startschuss sein.

Unvermittelt fühlte ich Claras Ellenbogen in meinen Rippen und wurde schmerzlich aus den Tagträumen gerissen.

»Schau mal, ist das nicht der arrogante Kerl, der dich vorhin im Coffee-Shop angerempelt hat?«, flüsterte sie und schnaufte verächtlich. »Schüttet dir fast den Kaffee über den Pullover und entschuldigt sich noch nicht einmal vernünftig.«

Interessiert reckte ich mich etwas nach vorne im Sitz und schaute zum Gang hinüber. In der Tat, da stand er, mit dem Rücken zu mir, und hantierte an der Gepäckaufbewahrung herum. Immer wieder versuchte er, die Klappe zu schließen, doch irgendwie wollte es ihm nicht gelingen. Ich bemerkte, dass einige der in der Nähe sitzenden Passagiere genervt mit den Augen rollten, andere lächelten amüsiert. Selbst Clara neben mir grinste schadenfroh. Für die Zuschauer war die Situation ganz unterhaltsam, trotzdem tat mir der Mann leid.

Zum Glück kam ihm die freundliche Stewardess zu Hilfe und ruck zuck schloss sie die Gepäckklappe. Er dankte ihr erleichtert und setzte sich unauffällig auf den äußeren Platz der mittleren Dreier-Reihe, direkt am Gang.

Clara stöhnte ungehalten auf. »Muss das sein? Ich habe keine Lust darauf, dass der Kerl mir noch zufällig einen Tomatensaft über die Hose kippt«, raunte sie mir zu, schlug die Illustrierte auf und blätterte genervt darin herum.

Ich grinste und tätschelte ihre Hand. »Ach Clara, reg dich nicht auf. Mach dir lieber Gedanken darüber, was wir uns alles anschauen wollen.« Ich kramte den Reiseführer hervor und wedelte ihr damit vorm Gesicht hin und her.

»Lass das«, erwiderte sie empört, doch ihr Lächeln zeigte mir, dass sie sich längst beruhigt hatte. »Du hast recht, wie immer«, seufzte sie, klemmte die Zeitschrift ins Netz vom Vordersitz und faltete das Papier auseinander. »Also, worauf hast du am meisten Lust?«

»Das Empire State Building«, platzte es aus mir heraus.

Clara lachte herzhaft. »Das war ja so klar«, kicherte sie. »Ich sage nur: Schlaflos in Seattle.«

Ich lehnte mich im Sitz zurück und schloss genießerisch die Augen. »Ich liebe diesen Film.«

»Du bist eine hoffnungslose Romantikerin. Am liebsten würdest du doch deinen Traumprinzen auf genau dieser Plattform treffen.«

»Wieso nicht? Träumen darf man ja wohl noch«, entgegnete ich überzeugt.

»Dir ist ja nicht zu helfen«, schnaufte Clara und stopfte den Stadtführer ins Netz zur Illustrierten. »Das Empire steht allerdings auch auf meiner Wunschliste. Das werden die verrücktesten Tage unseres Lebens.«

»Darauf kannst du wetten«, erwiderte ich, während das Flugzeug langsam zur Startbahn rollte.

2. Kapitel

Clara trank einen kräftigen Schluck von ihrem Sekt. »Prost Betty«, tönte sie.

Ich grinste und nippte an meinem Becher. Die letzte halbe Stunde hatten wir einen detaillierten Plan für die Besichtigungstour in New York ausgearbeitet.

Ich stöhnte innerlich und hatte Zweifel, ob das Programm in drei Tagen zu schaffen war. Wie ich Clara kannte, würde sie mit mir von einer Sehenswürdigkeit zur anderen jagen. Doch ich war insgeheim froh, dass zumindest eine von uns den Überblick behalten würde. Sie hatte einen beeindruckenden Orientierungssinn.

»Welches Menü darf ich Ihnen servieren?«

Die freundliche Stimme der Stewardess riss mich aus den Gedanken. »Ich nehme den Hackbraten«, tönte Clara, »und du?«

»Für mich bitte die geröstete Hähnchenbrust.«

Die Stewardess durchsuchte den Essenswagen und schüttelte bedauernd den Kopf. »Ich kann Ihnen leider nur noch den Hackbraten oder die überbackenen Rigatoni anbieten.«

»Wenn es Ihnen nichts ausmacht, würde ich Ihnen gerne meine Hähnchenbrust überlassen. Das Gericht ist noch verschlossen«, erklang eine charmante Männerstimme von nebenan.

Ich beugte mich vor und sah voller Neugier zur mittleren Sitzreihe hinüber. Ein Paar strahlend eisblaue Augen blitzten mir unter einer dunkelbraunen Lockenpracht entgegen. Lächelnd überreichte er der Stewardess seinen unberührten Speiseteller.

»Ein echter Gentleman«, schmeichelte sie und schaute mich fragend an. »Nehmen Sie das Angebot von dem Herrn an?«

Erneut meldete sich der Mann zu Wort. »Bitte, nehmen Sie das Menü. Sehen Sie es als bescheidene Wiedergutmachung für das Missgeschick im Coffee-Shop an.«

Ich starrte weiterhin fasziniert in das Augenpaar. Es hielt mich gefangen, ich bekam keinen Ton heraus und nickte nur noch zustimmend.

»Schön, dann ist das geklärt«, sagte die Stewardess erleichtert und stellte das eingepackte Gericht mit der Hähnchenbrust auf mein Tablett. »Was kann ich denn dem äußerst liebenswerten Herrn zur Entschädigung anbieten, einen Whisky eventuell?«, flötete sie.

»Das ist lieb von Ihnen, aber wenn es Ihnen nichts ausmacht, hätte ich gerne nach dem Essen einen Tomatensaft.«

Ich prustete los, und hätte mit den Knien fast das Menü vom Tablett hinuntergerissen, als ich in das entsetzte Gesicht von Clara sah. Die Stewardess schaute missbilligend in unsere Richtung und widmete sich anschließend erneut ihrem Servierwagen. Meine Freundin starrte entgeistert vor sich hin.

»Hab ich es nicht gesagt? Der Kerl hat es wohl darauf abgesehen, mir die Reise zu vermiesen«, flüsterte sie ungehalten. »Macht es dir was aus, wenn wir nach dem Essen die Plätze tauschen?«

Ich musste mich beherrschen, damit ich nicht erneut lauthals auflachte. Clara und ihre düsteren Prophezeiungen. Aus den Augenwinkeln heraus beobachtete ich währenddessen den Mann auf der anderen Seite des Ganges. Er schien zwar ein bisschen ungeschickt zu sein, andererseits auch sehr freundlich.

Als er in meine Richtung schaute, erwiderte ich das angenehme Lächeln und nickte ihm verstohlen zu.

Diese Augen hatten etwas Magnetisches. Nach einer gefühlten Ewigkeit löste er den Blickkontakt und wandte sich dem Essen zu.

Clara erhob erneut den Sektbecher und prostete mir zu. »Auf New York.«

»Auf eine aufregende Zeit«, erwiderte ich lächelnd.

3. Kapitel

Erleichtert hievte Clara den knallroten Trolley vom Laufband. »Das ist meiner.«

Ich half ihr, den schweren Koffer auf den Gepäckwagen zu deponieren. Nur noch wenige Reisende standen wartend um das Fließband. Nach und nach griffen sie die passenden Gepäckstücke und verließen flink die Halle.

Verzweifelt starrte ich auf die Öffnung, durch welche das Gepäck in den Raum kam. Eine dunkelgrüne Sporttasche erschien, der junge Mann neben mir schnappte sie sich und schritt zügig zum Ausgang.

Das durfte doch nicht wahr sein! Wo war mein Trolley?

Wie ein Raubtier schlich ich am Band entlang und wartete. Ein einsames dunkles Gepäckstück fuhr jetzt bereits zum zweiten Mal im Kreis umher. Unsicher schaute ich Clara an, sie zuckte nur ratlos mit den Schultern.

Ich seufzte und schnappte mir das Ding vom Gepäcklaufband. Das war eindeutig nicht meiner, denn ich hatte extra einen großflächigen rosafarbenen Aufkleber an der Seite befestigt, damit ich ihn sofort erkennen konnte. Ich drehte den Adress-Anhänger herum und las: Alexander Schwarz, Berlin.

Wir warteten noch fünf Minuten, aber kein zusätzlicher Koffer erschien.

»Was mache ich denn jetzt?«, stieß ich hervor und schluckte krampfhaft die einschießenden Tränen hinunter.

»Komm, wir nehmen den Falschen hier und gehen zur Info.« Energisch packte Clara den Trolley auf den Gepäckwagen und schob mit ihm zum Ausgang.

Nach einigem Suchen sahen wir von Weitem das Schild eines Informationsstandes leuchten.

Zügig eilten wir darauf zu. Als wir uns näherten, erkannten wir in der Schlange vor der Auskunft den Mann aus dem Flugzeug. Neben ihm stand ein dunkles Gepäckstück mit einem großflächigen rosa Aufkleber an der Seite.

»Da ist mein Trolley«, rief ich erleichtert und rannte den Gang entlang. Der Kerl in der Warteschlange drehte sich um, er hatte vermutlich meinen Ausruf gehört.

»Elisabeth Kramer?«, fragte er und lächelte mir entgegen.

»Ja, allerdings«, schnaufte ich wütend. »Und Sie sind dann wohl Alexander Schwarz, nehme ich an.« Ich schaute aufgebracht in die herrlich blauen Augen und augenblicklich löste sich die Wut in Nichts auf.

»Ich muss mich bei Ihnen entschuldigen, schon wieder«, sagte er mit einem entwaffnenden Lächeln, wobei sich winzige Lachfältchen an den Augenrändern bildeten.

Wie hinreißend er damit aussah! Meine Hand verschwand regelrecht in seiner, als er sie umfasste.

»Wie kann ich mich revanchieren?«

Clara war währenddessen mit dem Gepäckwagen an der Information angekommen. Sie schnaufte ärgerlich, blitzte ihn mit zusammengekniffenen Augen an und schnappte sich meinen Koffer.

Herr Schwarz reagierte blitzschnell, griff sein Gepäck vom Wagen und schwang meines galant hinauf. Clara quiekte verächtlich.

»Das ist ja wohl das mindeste, was Sie tun konnten. Danke, aber wir kommen jetzt allein zurecht«, tönte sie und zog mich zur Seite.

»Ich habe das Gefühl, dieser Mann verfolgt uns und wo er auftaucht, passiert jedes Mal etwas«, flüsterte sie aufgebracht.

»Ach Clara, das kann doch vorkommen, dass man das Gepäckstück verwechselt«, nahm ich ihn in Schutz und wunderte mich selbst darüber. Vor ein paar Minuten war ich noch den Tränen nah – und jetzt? Der Mann hatte so eine einnehmende Ausstrahlung, dass ich ihm alles verzieh. Ich drehte mich herum und lächelte ihn an.

Er erwiderte es und rief mir nach: »Vielleicht sehen wir uns ja wieder, ich würde mich freuen.«

»Bloß nicht«, stöhnte Clara neben mir. Ich grinste Herrn Schwarz entschuldigend an und eilte hinter meiner Freundin her, dem Ausgang entgegen.

4. Kapitel

Clara zeigte quer durch den Saal, als wir den Frühstücksraum des Hotels betraten. »Schau mal, da drüben ist noch ein Tisch am Fenster frei«, flüsterte sie mir zu. »Setzt dich schon mal da hin, ich besorg uns zwei Becher Kaffee.«

»Okay, meinen bitte mit Milch«, antwortete ich und eilte auf den letzten freien Fensterplatz zu.

Wow, was für eine Aussicht. Das Hotel lag direkt am Times Square in Manhattan. Fasziniert betrachtete ich das Gewimmel auf der Straße und die prächtigen Leuchtreklamen.

»Guten Morgen Frau Kramer, darf ich mich zu Ihnen setzen?«, ertönte eine mir wohlbekannte Stimme.

Überrascht schaute ich auf und sah erneut in ein paar eisblaue Augen unter einer braunen Lockenmähne.

»Herr Schwarz«, entgegnete ich amüsiert, »ich glaube, Clara hat recht. Sie scheinen uns zu verfolgen.«

»Den Anschein habe ich allerdings auch«, lachte er. »Ich freue mich, Sie nochmals wiederzusehen. Was für ein Zufall – oder ist es Schicksal, dass wir dasselbe Hotel gebucht haben?«

Ich zeigte auf den Stuhl mir gegenüber. »Wollen Sie sich nicht zu uns setzen? Von hier hat man einen phantastischen Ausblick«, forderte ich ihn höflich auf.

Herr Schwarz zögerte merklich. »Ich würde sehr gerne mit Ihnen zusammen frühstücken, doch Ihre Begleitung hat mit Sicherheit etwas dagegen. Ich glaube, sie mag mich nicht.«

Ich schnaufte ungehalten. »Ach, Clara, die meint es nicht so. Sie ist manchmal zu forsch und frech, aber die liebste Freundin, die man sich denken kann. Wir kennen uns seit der Schulzeit und in den letzten Wochen war sie eine große Stütze für mich.«

Herr Schwarz setzte sich ans Fenster und ich plauderte drauf los wie ein Wasserfall. Ich konnte es mir nicht erklären, warum ich einem fast wildfremden Mann von meiner gescheiterten Beziehung erzählte, aber ich fühlte mich seltsam wohl in seiner Gegenwart.

Ich entspannte innerhalb kürzester Zeit und war erstaunt, dass ich bei den Schilderungen nicht sentimental wurde. Allem Anschein nach hatte ich die Trennung bereits halbwegs verarbeitet. Als Clara mit den Kaffeebechern kam, stutzte sie zwar und rümpfte leicht die Nase, doch hielt sie erstaunlicherweise den Mund, schlürfte wortlos den Kaffee und lauschte dem Gespräch.

»Also, wenn Sie möchten, stelle ich mich gerne als Reiseführer zur Verfügung«, schlug Herr Schwarz vor.

»Wollen wir uns nicht duzen?«, unterbrach ich ihn und verfing mich erneut in dem strahlenden Augenpaar.

»Liebend gern«, erwiderte er freundlich.

»Okay«, murmelte Clara. »Doch was die Stadtführung angeht, muss ich dir leider absagen. Ich möchte diesen Urlaub mit meiner besten Freundin alleine genießen, wir haben schon so lange davon geträumt.«

Alexander lächelte zustimmend. »Das kann ich verstehen. Also meine Damen, dann wünsche ich euch einen tollen Aufenthalt hier in New York. Vielleicht treffen wir uns ein weiteres Mal beim Frühstück oder in der Bar.« Mit diesen Worten erhob er sich vom Stuhl, zwinkerte mir zu und ging leichtfüßig davon.

Enttäuscht sah ich ihm hinterher. Zu gerne hätte ich mir von ihm die Stadt zeigen lassen. Seine Anwesenheit wirkte beruhigend auf mich, ich war so locker und entspannt wie seit langem nicht mehr.

Doch Clara hatte mich zu dem phantastischen Kurzurlaub eingeladen und ich wollte sie auf keinen Fall enttäuschen. Das war ich ihr schuldig nach den letzten Wochen. Außerdem würde ich den Mann nach dem Urlaub nicht wiedersehen.

»Clara, was hast du denn für heute geplant?«, fragte ich interessiert.

»Die Freiheitsstatue, Ground Zero und die Wall Street«, platzte es aus ihr heraus.

»Alles klar, dann mal los und warm einpacken«, stupste ich sie an und wir eilten schwatzend zum Fahrstuhl.

5. Kapitel

Ich saß an unserem Frühstückstisch am Fenster und studierte verzweifelt den New York-Stadtführer.

Wie sollte ich mich bloß ohne Clara zurechtfinden? Ich hatte überhaupt keinen Orientierungssinn und die vergangenen zwei Tage hatte sich meine Freundin als perfekte Reiseführerin entpuppt und uns zielsicher von einer Sehenswürdigkeit zur nächsten manövriert. Mit ihr an der Seite brauchte ich mich nicht mit dem schwierigen U-Bahn-System auseinandersetzen.

Doch Clara hatte sich eine heftige Erkältung eingefangen, kein Wunder, bei der Eiseskälte. Sie lag mit Fieber heulend im Hotelbett.

Ich wollte bei ihr bleiben, allerdings bestand sie darauf, dass wenigstens ich den letzten Tag in New York genießen sollte, und scheuchte mich energisch aus dem Zimmer.

Ausgerechnet das Empire State Building und das Rockefeller-Center hatten wir uns als Highlights zum krönenden Abschluss der Besichtigungstour aufgehoben. Ich seufzte frustriert, starrte auf die Karte mit dem U-Bahn-System und häufte nebenbei Rührei auf die Gabel.

»Guten Morgen Elisabeth«, ertönte Alexanders Stimme unmittelbar hinter mir. Ich zuckte zusammen und das Rührei flutschte von der Gabel.

»Alexander, hast du mich erschreckt. Schleichst dich einfach so heran«, konterte ich, während er um den Tisch herum ging, Becher und Teller abstellte und souverän auf dem Stuhl am Fenster mir direkt gegenüber Platz nahm.

»Wo ist denn Clara?«, hakte er nach und sah sich suchend im Frühstücksraum um.

»Sie hat eine schlimme Erkältung und hustet fürchterlich«, erklärte ich missmutig, schob stöhnend die Karten beiseite und widmete mich erneut dem Rührei.

»Ach, das tut mir leid«, antwortete er betroffen und nippte an dem dampfenden Kaffeebecher. »Dann wirst du heute alleine die Stadt unsicher machen?«

Ich hob den Kopf und musterte ihn nachdenklich. Mir spukte eine Idee durchs Gehirn, aber ich traute mich nicht, sie auszusprechen. Zu deutlich hatte ihm Clara jedes Mal in den vergangenen Tagen, wenn wir uns zufällig im Hotel begegneten, zu verstehen gegeben, dass seine Anwesenheit nicht erwünscht war.

»Ja, das werde ich wohl müssen, leider«, erwiderte ich unglücklich.

»Also, wenn du möchtest, kann ich gerne für Clara einspringen, ausnahmsweise.«

Ich jubelte innerlich vor Erleichterung. »Ach, das wäre super. Ich bin mit den Stadt- und U-Bahn-Plänen hoffnungslos überfordert und du sagtest ja, dass du dich gut auskennst.«

Er lächelte charmant. Ich hatte das Gefühl, dass er sich über meine Zusage wahrhaftig freute. Überrascht stellte ich fest, dass es mir ebenso ging – und nicht nur wegen seiner hervorragenden Ortskenntnisse.

Der Mann hatte eine umwerfende Ausstrahlung, war höflich und zuvorkommend. Eigentlich schade, dass ich ihn hier im Kurzurlaub kennengelernt hatte und nicht irgendwo zu Hause in einer Bar.

»Ich bin beruflich ab und zu in New York«, erklärte er achselzuckend. »Was steht denn heute auf dem Programm, Elisabeth?«

»Nenn mich bitte Betty, Elisabeth werde ich nur genannt, wenn ...«

Er unterbrach mich schmunzelnd. »Betty klingt wunderschön«, grinste er frech.

Die nächste halbe Stunde unterhielten wir uns angeregt über den bevorstehenden gemeinsamen Tag, während wir frühstückten. Meine trübe Stimmung von vorhin war wie weggefegt. Ich freute mich regelrecht, mit diesem attraktiven Mann New York unsicher zu machen.

Zwar hatte ich ein schlechtes Gewissen wegen Clara, die krank im Hotelbett lag, doch daran konnte ich im Moment auch nichts ändern. Ich wollte den Tag genießen.

»In dreißig Minuten in der Lobby«, flüsterte er mir später im Fahrstuhl zu.

Ein angenehmer Schauer rieselte mir bei dieser rauchigen Stimme meinen Rücken hinunter.

War das jetzt ein Date?

Beschwingt stieg ich aus dem Fahrstuhl und lächelte ihm zu, während sich die Fahrstuhltüren langsam schlossen.

6. Kapitel

Staunend stand ich am Rand der Eislaufbahn vor dem Rockefeller Center und betrachtete fasziniert den riesigen Weihnachtsbaum. Tausend strahlende Lichter leuchteten in bunten Farben und auch die Umgebung der Schlittschuhbahn glänzte im weihnachtlich schönen Lichtermeer.

Hier ein paar Runden auf dem Eis zu drehen, das war etwas ganz Besonderes und Exklusives. Ein romantischeres Schlittschuhlaufen gab es wohl nirgendwo anders auf der Welt.

Ich seufzte zufrieden. Das war ein krönender Abschluss eines fantastischen Tages. Alexander hatte sich als wunderbarer Begleiter entpuppt und ich war insgeheim froh, dass ich durch Claras Erkrankung in den Genuss seiner Gesellschaft gekommen war. Ich war so glücklich und ausgelassen wie seit Wochen nicht mehr und Alexanders Nähe ließ mein Herz schneller schlagen.

Auf der Hauptaussichtsplattform in der 86. Etage des Empire State Buildings hatte er sich hinter mich gestellt und mir beim Rundumblick auf New York Erklärungen zu den Sehenswürdigkeiten ins Ohr geflüstert.

Der Ausblick war atemberaubend: Central Park, Hudson River, East River, Brooklyn Bridge, Freiheitsstatue, Times Square und vieles mehr.

Trotz der wunderbaren Aussicht konnte ich mich kaum konzentrieren. Die geraunten Worte dicht am Ohr erzeugten ein Kribbeln, das ich noch nicht einmal bei meinem Ex empfunden hatte.

Am Nachmittag erreichten wir das Rockefeller Center. Auch hier erwies er sich als hervorragender Reiseführer. Souverän führte er mich herum und zum Schluss besuchten wir das Top of the Rock Observation Deck. Wieder hatten wir einen fantastischen Ausblick über die Stadt, während die Sonne langsam unterging.

»Wollen wir noch eine Runde zusammen laufen?«

Alexander hatte neben mir gestoppt und streckte mir auffordernd seine behandschuhte Hand entgegen.

»Aber nur noch eine Runde, sonst breche ich vor Hunger zusammen«, lachte ich.

Er sah einfach toll aus. Die braunen Locken wippten frech unter der Pudelmütze hervor, die Wangen waren vor Kälte leicht gerötet. Ich nickte fröhlich und stieß mich vom Rand ab. Mein ganz persönliches Winter-Romantik-Märchen, diesen Augenblick wollte ich für immer im Herzen behalten.

7. Kapitel

Clara jammerte mir entgegen, während ich die Tür zu unserem gemeinsamen Hotelzimmer aufstieß. »Ich dachte schon, du kommst gar nicht mehr zurück.«

Sie saß im Bett, ein dickes Kissen im Rücken und die Decke bis über die Brust hochgezogen. Sie nieste heftig, schnäuzte sich laut die Nase und warf das benutzte Taschentuch achtlos neben das Hotelbett zu den anderen, die dort lagen.

Sofort regte sich mein schlechtes Gewissen. Die letzten Stunden hatte ich keine Sekunde an meine Freundin gedacht. Im Gegenteil, ich war so glücklich und ausgelassen, dass ich sie noch nicht einmal vermisst hatte.

Rasch zog ich Stiefel und Jacke aus, eilte zu ihr und setzte mich besorgt auf die Bettkante.

»Du Arme, geht es dir denn besser?«, fragte ich und tätschelte Claras Arm.

»Wie war dein Tag mit Alexander? Hast du alles gesehen, was du wolltest?«, schniefte sie zurück. Neugierig betrachtete sie mein Gesicht und ich wich verlegen ihrem durchdringenden Blick aus.

»Was ist los mit dir? Den verschämten Gesichtsausdruck kenne ich. Schau mich an, Elisabeth Kramer, und sag mir, dass du dich nicht Hals über Kopf in diesen Tollpatsch verliebt hast.«

Sie streckte die Hand aus und schob mein Kinn aufwärts, sodass sie mir direkt in die Augen sah. »Ach du meine Güte, ich habe tatsächlich recht«, stieß sie überrascht hervor und saß plötzlich kerzengerade im Bett. »Das darf doch nicht wahr sein. Da bin ich einen Tag krank und du machst nur Unsinn. Was hast du dir dabei gedacht? Wir fliegen morgen ab und du siehst den Kerl nie wieder. Diese Reise sollte dich auf andere Gedanken bringen und du stürzt dich Hals über Kopf in ein aussichtsloses Liebesabenteuer«, stöhnte sie aufgebracht.

Ich lächelte sie nur an. »Clara, das war seit langem der schönste Tag, den ich mit einem Mann verbracht habe. Alexander ist humorvoll, witzig und sehr zuvorkommend.

Seine Nähe tut mir gut, auch wenn ich weiß, dass er morgen früh abfliegt. Außerdem muss man sich ja nicht gleich verlieben, nur weil man mit einem Mann ausgeht.«

Clara öffnete den Mund, um etwas zu erwidern, doch ich redete einfach weiter.

»Ob es dir passt oder nicht, er hat mich zum Abschied für heute Abend in die Bar eingeladen, und ich werde selbstverständlich hingehen«, sagte ich schnippisch und verschwand im Badezimmer.

8. Kapitel

Zögernd betrat ich die Hotelbar und schaute mich suchend um. Als ich Alexander am Tresen der Bar entdeckte, winkte er mir lässig zu, ließ sich vom Barhocker gleiten und kam mir lächelnd entgegen.

Er sah umwerfend aus, dunkle Jeanshose, helles Hemd und eine dunkelblaue Weste. Die braunen Locken hatte er im Nacken zum Zopf zusammengebunden.

»Du siehst bezaubernd aus, Betty«, raunte er mir ins Ohr, was mir augenblicklich wohlige Schauer den Rücken herunterlaufen ließ. In diesem Moment war ich froh darüber, dass ich das nachtblaue Cocktailkleid doch noch eingepackt hatte. *Man weiß ja nie*, hatte ich in Claras Wohnung gedacht und meine beste Freundin hatte mir amüsiert zugestimmt.

Ich strahlte zu ihm herauf.

»Das Kompliment kann ich nur zurückgeben«, hauchte ich schüchtern.

»Komm, wir setzen uns an den kleinen Tisch in der Nische dort«, forderte er mich galant auf und reichte mir seinen Arm.

Ich hakte mich vergnügt ein, er geleitete mich zum Tischchen und wir setzten uns in die bequemen Sessel. Der Kamin verströmte eine behagliche Wärme und Pianoklänge durchströmten angenehm den gemütlichen Raum. Der Kellner näherte sich diskret und wir bestellten zwei Cocktails. Der Pianospieler hatte sein Lied beendet und stand unter Applaus auf, um eine Pause zu machen.

Wir unterhielten uns angeregt über die gemeinsamen Erlebnisse des Tages, als der Ober die Getränke auf dem Tischchen abstellte. Ich nippte am Cocktail, während Alexander mich mit leuchtenden Augen musterte.

»Betty, ich möchte dich unbedingt wiedersehen.« Er hatte sich vorgebeugt und flüsterte mir eindringlich die Worte zu, wobei er meine Hand ergriff.

Ich schluckte trocken. Genau das hatte ich befürchtet und gleichzeitig gehofft. Es war doch allgemein bekannt, dass Urlaubsflirts meistens ins Nichts führten. Andererseits faszinierte mich dieser Mann. Was sollte ich jetzt antworten? Alexander schien die innere Zerrissenheit zu spüren.

»Ich kann mir vorstellen, was du gerade denkst. Aber so etwas wie mit dir ist mir noch nie passiert. Ich habe Angst, dass ich die einzige Chance im Leben verpasse, wenn ich dich nicht wenigstens frage, ob du mich wiedersehen willst. Für mich bist du perfekt.«

Ich riss die Augen auf. Das hörte sich an wie in einem schmalzigen Hollywood-Film. Dort gab es meistens ein Happy End. Bloß, ich befand mich nicht in einem kitschigen Film. Das hier war die Realität – und doch konnte ich nicht glauben, dass ausgerechnet mir so etwas passierte.

»Du weißt, dass ich noch nicht bereit für eine neue Beziehung bin«, flüsterte ich bedrückt und er nickte verständnisvoll.

»Ich überlasse dir die Entscheidung. Wenn du mich wiedersehen willst, hinterläßt du mir beim Portier deine Telefonnummer, bevor ich abreise.«

Ich nickte stumm.

»Und nun lass uns diesen herrlichen Tag hier in der Bar ausklingen, ohne an morgen zu denken.«

Ich wollte etwas erwidern, doch er legte mir sanft einen Finger auf die Lippen und schüttelte den Kopf. Der Pianospieler hatte wieder seinen Platz eingenommen und bald erklang romantische Musik im Raum.

Alexander schwang sich aus dem Sessel und machte eine galante Verbeugung vor mir. »Schenkst du mir zum Abschied einen Tanz?«

Ich nickte erfreut und ergriff die ausgestreckte Hand. So tanzten wir in den nächsten Morgen hinein.

9. Kapitel

Unser Rückflug war erst am Abend. Deshalb beschlossen Clara und ich, das letzte Frühstück auf dem Zimmer einzunehmen. So konnte sie sich erholen und im Bett liegen bleiben. Kaum hatte sie die Augen geöffnet, hatte sie mich mit Fragen zu meinem Date in der Bar bombardiert. Ich erzählte ihr in kurzen Zügen, wie der Abend verlaufen war.

»Und? Hast du ihm die Telefonnummer gegeben?«, rief sie voller Neugier und schaute mich prüfend an. »Na klar, darauf hätte ich wetten können.« Sie stöhnte kopfschüttelnd.

Ich verzog schmollend den Mund. »Ich konnte ihn nicht einfach so abreisen lassen ...«

Clara verdrehte genervt die Augen. »Allerdings, genau das hättest du tun sollen. So ein Urlaubsflirt ...«

»Ich weiß«, unterbrach ich sie unwirsch. »Vielleicht meldet er sich nicht. Doch die Chance hat er in jedem Fall verdient, nachdem er sich so nett um mich gekümmert hatte.«

Clara streichelte mir ungewöhnlich sanft über den Rücken. »Ach Süße, du bist zu gut für diese Welt und hoffnungslos romantisch.« Sie stupste mir frech in die Seite. »Lass uns den Kerl vergessen und das hervorragende Frühstück im Bett genießen«, grinste sie.

»Du hast recht«, kicherte ich los. »Was möchtest du zuerst, lass mich raten ...«

»Kaffee!«, riefen wir gleichzeitig.

Der Portier meldete sich beim Auschecken höflich zu Wort. »Frau Kramer, ich habe hier noch einen Umschlag für Sie persönlich«, sagte er mit gesenkter Stimme und reichte mir einen schmalen Brief, adressiert ‚An Betty'. Verwundert nahm ich ihn entgegen und Clara drängte sich interessiert heran.

»Nun mach schon auf«, flüsterte sie und der zuvorkommende Portier überreichte mir diskret einen Brieföffner. Mir wurde heiß und kalt zugleich und ich zitterte merklich, als ich den Umschlag aufschlitzte und hineinschaute.

Verblüfft zog ich zwei Zettel heraus. Bei dem einen handelte es sich um das Blatt Papier, auf dem ich Alexander meine Telefonnummer hinterlassen hatte. Der andere war mit Alex unterschrieben.

Nervös überflog ich die Worte, während Clara mitlas.

Liebe Betty,

Du glaubst gar nicht, wie ich mich gefreut habe, als ich Deine Nachricht mit der Telefonnummer erhielt.
Fast hätte ich sie behalten.
Doch ich habe über unser Gespräch nachgedacht.

Du hast recht,
wir sollten nichts überstürzen
und ich möchte Dir die Zeit geben,
die Du brauchst,
damit Du frei entscheiden kannst.

Deshalb habe ich mich dazu entschlossen,
Dir den Zettel zurückzugeben.
Ich gebe Dir ein Jahr Bedenkzeit.

Wenn Du mich dann immer noch besser
kennenlernen möchtest,
bitte ich Dich,
nächstes Jahr um die gleiche Zeit
hier im Hotel zu erscheinen.
Ich werde jeden Abend in der Hotelbar
auf Dich warten.

Liebe Grüße auch an Clara,

Dein Alexander

Sprachlos starrte ich auf die Nachricht und konnte kaum glauben, was ich da gelesen hatte. Auch Clara blieb ausnahmsweise stumm und wir schauten uns erstaunt an. Doch natürlich fand meine Freundin als Erste die Sprache wieder.

»Na, wenn das nicht romantisch ist, dann weiß ich auch nicht. So langsam habe ich das Gefühl, dass dieser tollpatschige Kerl doch ganz gut zu dir passen würde.«

Ich grinste sie an. »Das ist ja interessant. Meine nüchterne Freundin wird sentimental.«

Clara schlug aus Spaß nach mir und ich wehrte sie lachend ab.

»Und? Kommst du nächstes Jahr wieder hierher?«, fragte sie voller Neugier.

Ich schmunzelte. »Wer weiß? Ein Jahr ist lang ...«

»Versprich mir nur eins: Wenn du im Dezember wieder nach New York fliegst, dann lädst du mich auf den Kurzurlaub ein. Das Happy End möchte ich auf keinen Fall verpassen. Außerdem muss ich mich noch dringend bei jemandem entschuldigen.«

Ich prustete los. »Das stimmt allerdings. Du kannst uns dann auf einen Cocktail in die Bar einladen«, kicherte ich und strahlte sie glücklich an.

»Darauf kannst du wetten«, grinste Clara.

Ein Jahr später ...

Zögernd blieb ich vor der Eingangstür zur Bar stehen. Mein Herz klopfte so heftig in der Brust, dass ich befürchtete, ohnmächtig zu werden.

Unvermittelt spürte ich eine Hand auf dem Rücken, die mich sanft vorwärts schob.

»Na mach schon oder hast du Angst, dass er nicht da ist?«, flüsterte Clara belustigt.

Ich seufzte und versuchte, die beschleunigte Atmung zu kontrollieren. Sie hatte natürlich genau ins Schwarze getroffen. Ich fühlte, wie sich winzige Schweißperlen auf der Stirn sammelten.

Rasch tupfte ich sie mit einem Taschentuch ab, das ich vor Nervosität in der Handfläche zu einem Ball zusammengeknüllt hatte.

»Keine Sorge Liebes, er wird da sein und du siehst fantastisch aus.«

Ich hatte mich für das nachtblaue Cocktailkleid von damals entschieden.

Erneut spürte ich die Hand im Rücken. Ich nahm all meinen Mut zusammen und öffnete die Tür.

Sofort sah ich zu dem Platz an der Bar hinüber, wo ich ihn letztes Jahr gesehen hatte.

Da saß er, winkte mir lässig zu, ließ sich vom Barhocker gleiten und kam mir lächelnd entgegen. Er sah umwerfend aus in der dunklen Jeanshose, dem hellen Hemd und der dunkelblauen Weste. Die braunen Locken hatte er, wie an jenem Abend, im Nacken zum Zopf zusammengeführt.

»Du siehst bezaubernd aus, Betty«, raunte er mir ins Ohr, was mir augenblicklich wohlige Schauer den Rücken herunterlaufen ließ. Ich strahlte zu ihm herauf.

»Das Kompliment kann ich nur zurückgeben«, hauchte ich schüchtern.

»Komm, wir setzen uns an den kleinen Tisch in der Nische dort«, forderte er mich galant auf und reichte mir seinen Arm.

Ich drehte mich herum, schaute zum Eingang hinüber und lächelte Clara zu, die beide Daumen nach oben hielt.

Wenn ich mich nicht täuschte, blitzten ihre Augen verdächtig feucht.

Sannah Hinrichs

Die Bestseller-Autorin lebt mit ihrem Mann im Norden Deutschlands. Sie schreibt sowohl gefühlvolle Gedichte und romantische Geschichten als auch märchenhafte Erzählungen.

Im Oktober 2015 wurde ihre Kurzgeschichte »Herbst« im lokalen Wochenendanzeiger publiziert. Dieses Ereignis war der Anlass für ihre erste Geschichten-Sammlung.

Märchen für Kinder liegen ihr besonders am Herzen. Mit der Veröffentlichung des Märchen-Bilderbuches »Die kleine Nixe und die Kräuterhexen« ging ein Traum für sie in Erfüllung.

Als Expertin für Grafiksoftware entwirft und veröffentlicht sie mittlerweile auch eigene Malbücher.

Weitere Infos unter:
www.sannah-hinrichs.de

Bisher erschienen:

Die kleine Nixe und die Kräuterhexen
Das Tal der Einhörner
Zeilengeflüster - Geschichten von Liebe und Fantasie
Bezaubernde Mandalas - Winter-Weihnachten
Bezaubernde Mandalas - Winter-Weihnachten 2
Bezaubernde Mandalas - Frühling-Ostern